甜星星

目錄

鹹黑洞

極光軟糖

麻花雲

太陽風

甜星星：因為我得到了一顆好星星。在身邊亮著亮著，不知不覺就變成太陽。

鹹黑洞：生活中一些小小的、奇異的點。路過時偶爾會被吸進去，再吐出來。

極光軟糖：從前的詩。如今持看，都像凍在軟糖中的極光，折射過的鮮明，不再變幻搖曳。賞味期曾屢經竄改。

麻花雲：像雲一樣，從日子的天頂流過的心情。有些會自己捲起來，甚至結成華麗的麻花樣式，但終歸會鬆脫，遁逸。唯一能做的，就是在消散前捕捉它們。喜歡肉桂口味。

太陽風：吹散那些雲的事物。將死去的心一掃而空。生命中的風，強勁，清潔，帶我瞥見靈魂的火光。

雲在青天

就像那麼多
轉生自同一束陽光
瓶中水，青天雲
在心底時時蘊蓄的晶瑩

隔世，今生
都好

也許，我一直
只是想
把一首詩寫短
一條路走長
一個人愛深
一輩子，活得乾淨

我曾經深愛那些艱難複雜的。如今偏愛簡單純粹。

有些事情可以明明白白、理所當然：愛就是愛；活著就該真實；是星星，就去發亮。

別人覺得苦沒關係，心裡甜就好。

甜星星

守望人

而我看見你。

繁花盛開
眾鳥齊鳴
地軸傾斜，陽光自樹蔭流下
行星移轉的
萬家燈火

當靈魂，被命運的發條旋到一塊

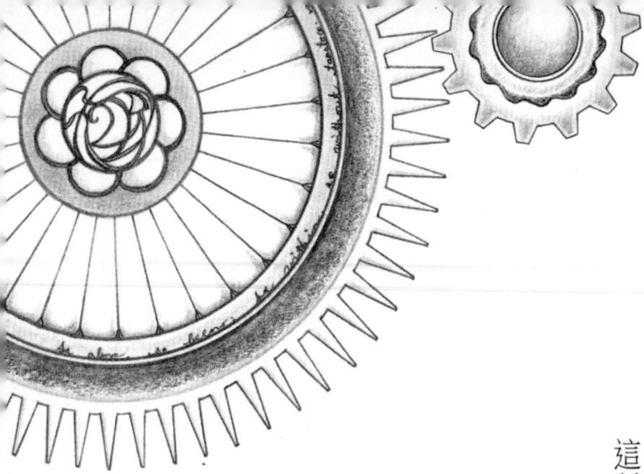

我不再存信
無選擇地被拋到世上
人生而孤獨，死為伶仃的
這種謬論

雙箋

1

我們擁有
柔順平和的愛
無稜可損
無堅可摧

我愛那些使你歡喜的人
擁你成長之物
金木水火，日月山川
朋儕友侶，桃軟霜嚴

所以，我愛
整座世界

2

為你留一段一段的閒
聽你如何跟我說
人間多擾。人間多雨。人間多晴

為世界寫一遍一遍的經
想我如何對你說
此身多福。此世多祐。此去
多豐稔，多光明

心輪

胸口
一整天都下著
溫暖的雨

實實地，持續地
彩色的雨一陣陣，親熟無間
沉默無聲
像宇宙敞開，不斷灑出甜的星星
純淨、厚密但穿透

世界安穩深寧地連起來了

我沒有什麼話要說
沒什麼話再說
因為
我們都深知愛著，以及被愛

翼

有翅之物：

微微的想念，祝福
翻落悲傷的手勢
螺旋槳、木棉，向上旋轉的禱詞
不帶企盼的詢問
你的心

房間

我在天上
留了一所星星的房間
供奉愛情
以及諸神透明的姓氏

凹聚

天地是散漫的
祝福是集中的
時空遼闊平滑而
愛是不合理的

憑著願力
宇宙中鮮麗的星星都
沿著彎曲的弧面
傾滾到

同一個角落

只因為
你在那裡。

親愛的，
這沒什麼了不起因為
我原本就
不打算掩飾
自己的偏心

遠距

我活在你的夢裡面
你也在我的
透過某種
菌絲般匍匐
綿長、溫柔而低緩的呼吸
我們祕密
以氣息慢吐的暗語交換
那些蜷藏在現實背面
心的腐植層底，柔軟芬芳

世所未容的天真與承諾

我活在你的夢寐，而你也是。

有些熟悉得叫不出名字的場景
城市、餐廳，沿著山長長的流動扶梯
夏日裡，大片顏料滴落的濃綠蔭
曾在印花般拼貼的彩色年代，攜手走過
彼此隨意搭話時，散步的風景總是
清透明亮
光線、溫度和空氣都
和美寧馨，似連假中的節日早晨
微風中，懸浮飄動一種飄覆奶泡的心緒
新鮮打成的希望是雪白色的，細密厚實

說著笑著，從你蘊含逆光的髮梢上緣
有些東西落下來，細細碎碎
像是雨、像是陽光；像橙花，或者
陣陣時而濃淡、時而均勻之
彩色、繽紛，花灑的愛

發生在夢境領土的故事
有時前世，有時今生
有時是微量盪搖的昨日，有時
擷取自來月預定的相見；
我們分享一種
向陽的性格，水質靈魂
無視人、事、環境，因理常識與及
經緯和陰陽曆之輪替。

一切屬世的物理法則皆能
輕易跨越：
只要默念同一則夢境的小名，一齊搭上
同道思緒共振的波形
在群鷗翔集的岩崖，面朝大海，
天涯海角就能在夢裡相疊
像摺紙重合對點的兩端；
鋪在地球上的海洋
似一床銀蕾絲滾邊的深藍軟棉被
捉住角，翻卷過來、收摺晾起
島嶼和島嶼就互相親吻了
信任是陽光，將外太空透來的殘跡隕漬
洗淨烘暖

兩處遙望的陸地，從此
不再孤立

藉著　渠道相通的夢之緣故
存在於我的希望之中
宇宙濃縮煉成的甜星星
終能掉落在你的心上
像薄荷糖
琳琅喜悅地
安落在婚禮的白色瓷碗
——叮叮璫璫，喚醒我們
另一個滾滿細糖霜粉的
明日早晨

I
甜星星

閉鎖

我夢見一個新的天空
深邃靛藍
閃閃垂降著
巨大的星星雨滴

小草知道，烏雲知道
礦脈、昆蟲和海馬知道
我們都知道

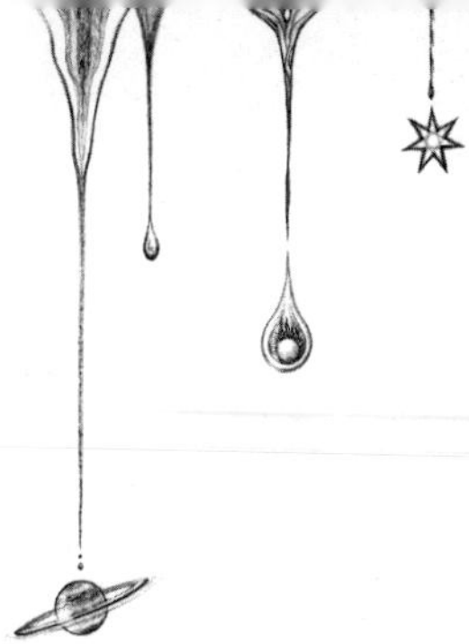

一旦挺過這場
盛大的心靈風暴
帷幕之下
銀白隱形的宇宙港口
就將對人們裸視的眼睛
重新開放

沼海

我看到一點
閃爍著，深深落在水底的星光

像一枚不起眼的許願幣
它在那裡，先成黯淡
復尋隱亮
漸漸，一抽一閃
如幼鳥的心臟開始跳動
最後，在幽深寬大

微引飄搖的海藻之森
緩慢，祕密地
長成太陽

那是
我所鍾愛
在生命底層茁生壯大的
你的名字。

工蜂

心溫柔起來
像一簇花燒起火的日光

如果你
慢慢學會忍耐、傾聽
在始終撲動的震顫中
修正那些不穩定的細微揮拍
從嗡然相連的脈動頻率出發
一枚蜷葉綻開掌心，奉獻給天空

微風成團，擁抱蜂巢
搖響擁擠的甜蜜與刺痛

我願意
在世上深深地
深深紮根
無畏風雨，努力生活
為了我們眼中的春天
未來的豐饒
命運線處螫下的愛
紅瓣尖上，一切終可兌現的金色幸福

鑲嵌鳳冠

終將，我總能細數
那些一度散佚的幸福：

凌晨的低喚，指尖溫度
一片從觸撫末梢落下的花
少女時代、兒時記憶
封藏之紙條，祕密簽名
生日的玻璃珠寶盒，新年的中獎籤
尚未蒙塵那朦朧發光的圓亮眼神

不竟夢、未央歌
以及
誓言無論如何都將活下去的熱情

只要
見到你，所有遺落的珍貴就回來
安安穩穩
如鳳冠上的珠玉，遍插嵌構
豐燦了我的一生

水陸明信片

我想確信
轉彎後，就有直線
飛行完，降落平安

想知道，橫跨在我們與死亡間的
夜晚溫柔
白天的星星也微笑
祂們能預知結局
祂們能傾聽垂憐

愛沒有時間
靈魂的距離沒有水陸

他們說，
印下的足跡不是為了回顧，而是鋪路
果實腐爛，等待發芽的種子才暴露

假如哭完，就能笑
不安後，就愈相信
愛，而更深愛

如果心到的地方，人也能到
我將
不再需要夢與希望

平流層

世上總有一些
穩定澄澈，不受干擾的事物：

平流層以上，晴朗高冷的天空
海底永不結冰的深水
火焰之顏色
元素之心

雜擾的人生之下
固定更新的
我們的愛

願意

我依然願意
懷抱希望的痛楚
失望的憂慮
哀傷、快樂地守望下去
如危崖之花，雨中之陽
低巢裡細軟滴脆的鳥鳴

因為你心裡
有那麼多美麗的顏色

純真的笑語
深邃透明的眼淚與疼痛

有一天，種子會結
土地會明亮
掌心的紋路要搭連起來
沿命運線起跑的未來會落實，
然後飛翔

無睹

他們找不到我們的愛
如同
溶了的方糖
蒸浮的酒香
無角的圓、不降之雨
夏午含在舌尖的清冰
夢的克數，火焰的名字
不被拉熄的星星
無法背誦的詩

他們找不到我們的愛
因這世上
多數都是國王而
天天有新衣

賴床

我喜歡
漫著細雨的假日早晨
和你一同醒來，
一起賴床
在睫毛上捉取夢的餘緒
趁記得
告訴我那些可愛荒誕、對白直接
夢境裡
彩色如聖誕樹的人事物

讓呼吸去烘暖被窩外的涼氣
感覺心、手指、身體和床單
一齊長出刺絨絨的蓬鬆細羽
一點點，扎啄彼此乾淨溫暖的頸窩
有時安靜，有時啾啁
我們就是一夥相依相親的小鳥
被活下去的希望和努力所哺育

牆外是冰冷的世界
牆外有海，有街
有繁忙的穿梭
無數大大小小沉鉛色的驚動和冷漠

但只要在這裡，和你一起
日升月落，生死潮來
我的心就永不生鏽

無聲之詞

閉上眼，我就沉到
心靈深深的暗房：
黑暗裡，無陳設的祈禱室
唯一的落地燈，你是。

久久
端坐於光源之下
你的存在明確、絕對，
穩定輸出

純淨絲順的光與熱

世界亮時，隱入背景
世界暗時，總不關燈
今我感激而
永不被誰移除、掩蓋，
正正對著我照的
落地光芒：睜眼接映，閉眼仍溫暖的凝視
烘好的命運，不翳之日
簡淨，扼要且溫柔

所以，我每一句
黑體沉默的禱詞都透光

深刻清亮，簡樸溫厚
像沒有聲音的鐘，打心底
響著靈魂與靈魂之鍵結
垂直穿透，震實著
晃搖世界的波動。

不溶於水

1

是愛
讓我們的心
浮上一層希望的光輝

2

像油不溶於水
我們的相知，永遠
不落到重的一邊

重到
忘記該怎麼傻氣的
那一邊

3

這眼神
只要一點點光
就可以變幻流麗

4

即使被下水道拖著
往低處去
我們依舊在上層。

情歌

安安靜靜地
等一顆心墜落，熄滅
瑟瑟黯淡
然後冷卻

靜靜沉沉裡
守一份愛初生，展開，觸動
試著探循、碰撞
死亡
或者包容

等待是一種微微的冒險
晴多雲，偶陣雨
轉彎是寶藏、魔王、出口，或者死路
傷心是一股小小的寒氣
凝結心上，穿蝕一處處圓形的洞
不疼，可是有風
勾起另一世界無感情的黑暗
冷冰冰，從相連的窟窿底層
把空洞吹得通徹

主題曲響起前，總是沒有預告
像走在無春的空地，忽然被榮華吹銀的雪陣包圍

迷茫天氣、片片花稜，清冷異常的華麗
只好驚訝，只好收腳
只得真情由衷
握著身不由己的金色旋律哭著笑著
總是莫名依戀了就猝不及防啊
心還沒柵欄，柔軟尚未隱藏
迷宮變形前永遠來不及
中途儲存

我想，情願是什麼
不遺憾是什麼
永不結束的夏天是什麼
花火、慶典、長鏡頭，被一則夢佔據了的種子
未來，以後，生命的意義

脆弱是什麼
溫柔是什麼呢

窗台很清，天光很淡
魚缸裡的金魚
從水草跟白珊瑚間
悠悠繞過了第一百零一圈

如果能妥善攤開
不被回應的恐懼，讓暖風吹透、掀乾
並且
像在詩句中留住永恆陽光那樣，深深藏好
無人可尋、無人能偷
怎樣都無法被剝奪的安全感

如果希冀，如果渴望
如果落花風雨，夜半三點
捨不得一顆守夜的心被淋溼

假如能在
願望許下時，慎重地，比一朵
想開花的酢漿草還要虔誠——
請讓我們的心輕盈
溫軟但明朗
如雛鳥，如夏雲，如千萬年睡醒的醇金琥珀
請讓我們珍惜、坦率
有樹的堅強
藤的細柔

比起依靠自己更擁有
信賴他人的勇氣

請讓
撤走樓梯的靈魂地下室
夢境最深沉那黑暗裡
單單，
有一微點新燃的火光
像祈願，像思念，像萬水千山、遠在三生石外的守護
——這兒，同握著你的手，包覆裡
小心翼翼一起烘著的
這點光，似落在葉堆裡的紅豆
畫在心上的弦影
醒來後不記得，但有遙遠悶響的回聲，如細沫；

有霞光藏起的溫度，似殘照
有一點點不透明又不水溶的餘緒
淡淡薄薄，卻儘夠
拿來面對另一個不敢肯定的明天

然後或許
五年，十年，二十、三十年
長長一生走完之後
終究相信，這條狂雪過，新綠過
豔陽過、朝夕過
曾靈犀相對，黯然獨行
烟花爛漫寂寞向晚的路上
容許彼此任性的我們還是

深深深深地
被命運優待。

地方

讓我到想到的地方
說想說的話，愛想愛的人

我不再將操偶的絲線伸向你
坦誠接近，像氣層外的日出
永遠正面以對
直接白天

因為你信賴，我不再遲疑
因為你笑了，我決定前駐

到你心中，不要鎖上
主臥室的房門
那是
我帶你安睡的夢想前來
一瞬可終老、可白頭
不思議的天梯化為現實之處

世界

世界在你掌中
掌中，命運的伏線淡淡地，紡著金，捲進我收攏的祈禱裡
而我們，闔起足以融化兩極海冰山的夢
安睡在世界的心裡

思慮銀鍊

那仔細鎖著，心上
鑲扣垂盪的一條銀鍊
是我所有祕密

有點沉甸、有點曲拗，但依舊
閃閃發亮
不可思議

不穿套任何墜飾，也不解繫予誰

只默然等待
有朝一日
命運的謎底化為言語
像春天，透過一朵花向全宇宙說話
風裡帶來水的消息
那天我將到你面前
那天我將告訴你

和所有屬於相遇、屬於心靈
生來屬火的神話一樣
我相信：傳達之後
它們將
得到靈魂，飛脫直去
逃離重力、違逆死亡

在黑暗遼闊的夜空裡
認準了方向
化為星星

而我終將
仰望那些星座，並且自由
留在地上；於今爾後
免於憂戚，無復保留——
在你面前，
我不再有祕密。

山茱萸

我尋求
足以開出整坡花水木的
靜定之力

不轉瞬的滿山雲霞，晴極了
多年生的微笑，坦率如初衷
千萬朵緋色揚起的
薄紅之春
在心中

日、月，一片漏光流火的樹蔭
希望，暗語，你的名字
不為他人他生開啓的
深深深深
沉眠之愛

我唯有什麼能給你
不是溫柔，不是體貼
並非逞強、忍耐
沒有犧牲也不奉獻

只有完成。

樹高了，葉綠了，花開了，四翼的蝴蝶旋轉了
大花四照，春來時，久久埋藏
一度輝煌金暖的
愛
甦醒後，終於
領悟哪兒都不去的那心意

希望你
平平安安，多笑多歡
朋友長聚，親人皆安
歲月熱鬧中有靜美，時花好、多月圓
坐臥起居都寧馨

每寸疲倦均釋放
每片波濤終平息
回家時，總有一盞燈，一杯茶，一個人
——總有誰守著，單單純純地
等待，讓枕頭上的夢永遠
不濕不冷，沒有淚痕

願君常健，願君好夢；
諸行順遂，諸願成就
擁有免於匱乏、恐懼的自由
愛，同時被愛
代謝之身、常勞之心
人和意志，現世與夢土，永遠

長明無憂
不失歸宿

我的心是
一瓣純白，薄紅的苞片
無雨無襲，八風不動
只因豐盈滿載而起降
——旋落時，有靈魂，金黃色的
逆地飛昇；為了你
白晝黑夜，永垂永照

從今以後，只以
祈禱的心情思念。

鹹黑洞

不小心踩進去，暫時無法逃脫：
觀察變形與黑化，進行測量。
注意安全。過後記得縮腳。

反義詞

疏離的生，擁擠的死；
擁擠的生，疏離的死。
悲慘的是：它們其實
同時成立

受害者家屬

你的奢求與跪泣
我無法原諒

那種愛，只有
更公正壯麗的文明才配擁有

不快之事

人們傾向
對渴望又得不到的事物
愛並憎恨著

譬如
成功伴隨的虛榮
為數可觀的遺產
偶像生活、無毒有機
鄰國的福利制度

青春美貌
學生純潔天真的理想
幼兒毫不保留的好惡

以及
最最嫉仇若狂之
他人的自由

聾

有時，為看清漫天星子
寧可背轉所有燈火
一個人，逆著世界，安靜地
習慣星川浮現前的遙廣黑暗

像那些時候，面朝大海，閉上眼
為求聽見你的心，寧可
棄絕一切感官、所有知想

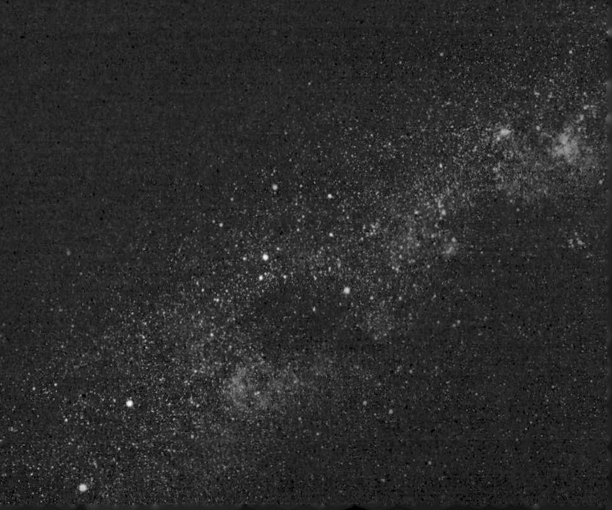

命運

拿我的心去磨你稜石的冰峭吧
那融下的水與淚將成溫暖

等

註定
有結果的等待是幸福的
愛情尤甚，死亡如是。

溫度計

你的愛，像星光
看起來冰
其實燙

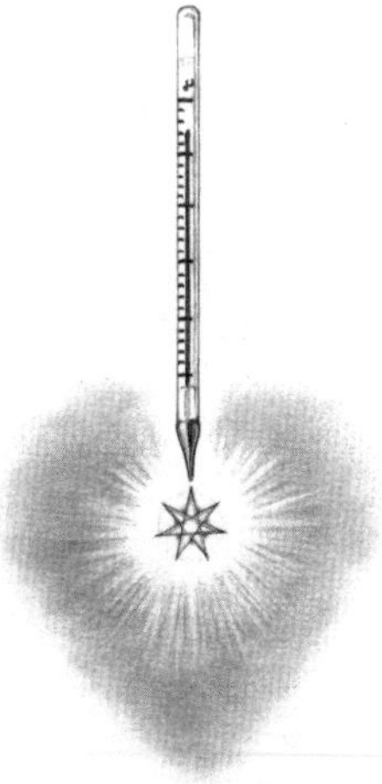

排斥反應

所有的蜜蜂都消失了
因為
這世界有毒

流星不願意降落在陸地因為
這一片燈
是假的火

我不會留在這裡因為
你的心
是污染源

天燈

心願本身就是
最不環保的東西
——人類

通常我們會將之視為
挑釁或者攻擊
——神之領域

當有人

未經申請通報
將一班班點燃著火的凶器
接二連三
往你家送

——墜毀的焦屍

不請自來的事物
通常
沒好下場
以前有誰蓋過塔
以前有誰，揊著貼臘的翅膀來過

取悅

我從不想
單方面取悅這個世界，
或任何人

如果不是為了相互榮耀
宇宙不會誕生
物種不會分化
神不會存在
愛

亦不在。
我就不會愛你

技能點分配

將聰明才智放在
保護我所珍惜關愛的人們

將愚笨置於
其餘一切

特權

即使不能祈求
失去和命運溝通的語言
即便是
缺了一邊翅膀的小鳥
無花綻放的花壇

奇蹟不降臨
幸福無名可喚
失火的心靈徹夜未眠

曾在夜裡發亮的眼睛，冷卻後
低溫的黑色星星不再燦爛、亦無法反光
被珍藏供奉的那些
寫下華美未來的預言，沒有一則
能在水面行走

我想
我們畢竟
還能夠頒予自己
一份不由上天配給的殊榮
運用身而為人的所有才能
掙取一種
最最奢侈的主權

學會
沒有算計的去生活
不談條件的去愛

紅花緬梔

亭亭樹蓋，如墨碧綠
無風的早晨
緬梔花
承受不了自身重量而墜落

似我們當年，密密實實
放任得太過沉重
黃心紅瓣、無處收容的愛
夏末白夜裡

背反過向暗的表情
束手，轉身離開

聽雨聲

我不想解釋
石的剛毅，雨的細密
小園裡，如何
把枯荷留成殘破，一盤盤
斑褐皺褶、徒負緣線
托不住天空
未卜先衰的掌。當來雨
愈發下得輕重緩急，看葉底
一旋旋，那漣漪

迴逐成緊中有慢的激動；聽
水陰水陰的暮晚
一陣扣過一陣，如候似警
心眼裡
冷澈而清的敏銳

也不想說明
雨打在許許多多的院
許許多多的夜
蓮蓬老時，一份落雨久接
秋池緩漲
安靜，隱約
若有所悟卻來得太遲的領會：

華燈寂坐的夜裡，為甚麼
只是悄悄側著歲月的耳朵
心底，就漫然盈滿
懷念到令人近乎泫然
細緻朦朧的金色光華。頓時
省起蕭瑟涼冷的長街上
那個迎了風、敞著心，
行色匆匆
灰濛濛的靈魂
如何大步疾走、引吭高歌
唱著唱著，語聲裡
忽然就有了哭音

厚棉被

我想我原是一床棉絮
本身沒有溫度
只因被畏寒的你所需要
冷中相擁
竟就有了予人溫暖的能力

薰香

你在我之中
像火，在一炷香中延續其生命
慢騰騰，通體焚透
靈魂根柢寸寸燼灰的逼付

安靜、無焰，煙煙縷縷
魄散魂飛。

這光紅，自你
從永恆借來，迎分之後
以一生作為容器：頂趾芬芳、
身裡身外，一面承覆溫暖
一面燒蝕殆盡

三聯單

——試探

對不起：
關於測試，我只接受上天給的

——討好

討來的好不會好

——移情

我只要一種
不能夠移的那種
不被移植，也不接受移植

煎蛋

你的愛情開著小火
文文地，慢煎著我
半熟不活
全熟死透
心的邊緣捲出焦香
我的靈魂滋滋作響

流星

你的好意
是一團燦爛熱情的隕石
孤注，燃燒，不顧後果

最後打穿了地球

自毀長城

彼此懷中
一窩窩小心翼翼
呵養大的幼生青鳥
挨摩著，親暱喜悅

擁擠快樂快樂擁擠
過份地快樂擁擠……亮麗麗
喧嘩裡飛出
一世界的柔軟

這是
我們如惡徒般破壞城市
之所以
復育森林的理由

心防

我以為滴水不漏，然而
有一點回憶滲透進來；從階的外面，柱的外面
祭壇的外面
天空的外面、月的外面……

於是我的神殿垮了
連帶
活埋了裡頭
十三個僕役，五個祭司

夢中筆

我不是一個好詩人
因我屢屢
執筆無言
字裡行間或能陳者
不及胸中萬一

不及我一步步
走過微雨潮溼的晚路
不及滿地鋪落的大葉欖仁，踩在足下豔紅褐黃
枯槁憔悴

不及我為何沒在愛至烈傷最劇的片刻死去
不及俯首，不及默望
不及有過的悔恨煎熬
不及心中丘壑深刻險峻
不及佇在家巷前深夜徘徊，良久良久
終究轉身、過門不入
不及黃昏遺憾
晨星美麗
不及抬頭剎那神魂俱飛
時空俱滅
不及孤注相殺的愛離狠心
自然，更不及餘生裡冷汗涔涔
大徹大悟

我不善為詩，因為
我知道我永遠無法描述
生命最深處的莊嚴淒涼

恆造之網

I

忽然覺得命運像網
能捉摸，揉皺
可以勾扯拉扭
卻是從裡面的
由內，將我們的離合聚散
緊緊握住

II

曾朝彼此
摸索而去
在延展的，千結萬眼的網中

像一對盲侶，聽黑色的浪
踉蹌尋找摔熄的星星
背對著，佯作不知
身前身後
上下左右
冷徹如檻，鋪天蓋地的既視感

III

快樂是痛苦的，如果
左手牢扣權杖，右手緊壓紅心
順逆於層層裹繞的網
在填滿與空洞間
永復形變

痛苦也是快樂的
如果撤守繳械，一任傷挫
學習緩久安靜地
默看網中
不斷拆結織造的
蕾絲之心

IV

我和氣地坐著
不再掙扎
命運之網輕輕落覆在我的頭臉
如一襲繁美的嫁紗。

鱷魚

面對這些
簡要，單純
嵌入得太過明確的困擾

我無法
擠出廉價的安慰
虛偽、蒼白的同情

回應只有長長的沉默
如一卷

不知如何支應的繃帶
艱困、尷尬，難為情地
從桌邊
垂落一片刷新的空白

並非我不愛你

親愛的，你埋怨路程太遠
行囊太重
總是復發的症狀
今人心疲力竭，腳趾紅腫疼痛
人們對你發炎的拇趾圍繞觀看

真心哀嘆，疼憐
提供各種個人病史、外敷秘方
誠摯如路口開綻的無辜小花
紛紛致意
問安

可是我看見：你親手
將尺寸過小的鐵鞋牢牢箝上
而你渾然不覺
他們一無所見

沒人能說上這麼一句：
「好好穿鞋。」

「好好選鞋。」

我以為這本應
是兒時就該深入普及的基本教育

原諒我的默默啞然
無辭以對

原諒我即使勉強扮成鱷魚
也流不下眼淚

二十二歲。雙年份。莓果和酒類。以前的自己。
深愛過但不再重現的年代。

謝謝當時，謝謝一切遭遇、一切烙印，
謝謝那些一格一格、一塊一塊凝凍起來的鮮明心情。
謝謝不計代價。

極光軟糖

童年

雨的天
冰淇淋汽水口味的夏雲
鹽和奶油的爆米花
埋有黃色小鴨的黑色沙坑
陸橋下的涼隧道
盪不過牆的漆秋千
紅透得很新娘的果凍
鋼琴的珍珠色音階
藏在草叢裡的拖鞋

粉蠟筆牆
箱型的娃娃車
抓成小把的沖天辮
大彩頁的童話書
笑成啤酒色的爺爺奶奶
雙手溫柔的爸爸媽媽
更小的妹妹
中間的我。

母親

被單與薄毯蓋著一層紅光
肩並肩展在院裡
閒話家常
相對浴晚陽

一窩花貓棲踞在牆頭，全家福
從矮矮的灰瓦屋頂
懶懶地看妳澆花、曬衣
時而交頭接耳：
關於女兒究竟像媽還是像阿嬤

盆栽們排隊的花台
碧圓如錢的小葉
整整齊齊地鋪滿平底鍋，另外有些
自椰殼中軟綿綿地探頭張望
妳家忙的手臂，在夕暉裡
殷殷為盆中的紫衣酢漿投下
噓寒問暖的斜影

覓食的貓一隻一隻跳開
外頭那條長長的巷子
妳由新娘走成媳婦，走成母親的
一枚鄰童的氣球頑巧地爆了

老媽

心裡總汪著一匙溫柔的酒精
揮發了一生一世也蒸不完

爺爺日記的幼時對話

大人問我：長大後想當什麼？
「想當阿嬤」，我說。
「因為阿嬤很威風。」
他們都笑了，祖母也是

長大後才明白
牙牙時誤認是威風而說不清楚的話原來是
優雅堅強。

高度

沉默是一張包起世界的紙
如果能把思念對折無限次之後
就可以碰到星星了

鯉

少說躍龍門是為了高昇這種無聊的理由了
我們跳，純粹只是因為月球太亮太遠而已

第一滴雨

我喜歡暴風雨的裸色天空
沒什麼比第一滴雨的落下扣人心弦。

與其對著你笑，不如能對著你哭
這道理，有時候跟朋友是一樣的

熱水

熱水從蓮蓬頭灑下
如果這陣落在身上溫暖的雨
可以更有質量的話
我就會知道被同情打痛的感覺了

回眸

黑白分明的星星
向驚豔的景深
掃射出兩排脆重的彈痕

從此，記憶表面留下銀色的凹凸
將笑容鑿成隱隱作痛的疼燙

錯身

若是擦肩而過的時候，我知道
那是今生最後一次想開口喚你
我就該急急地回首，千百人中

那麼，淡得像光或水一樣
我們就能清清楚楚地笑著忘掉
當年練習得太久的那聲再見了

水芙蓉

一朵從容
兩朵溫柔
三朵你小小的水缸便嫌窄

可是；「因為愛」。牠們說，
順良委屈又無比伸張；但是。

所以繁殖擴張繁殖擴張繁繁殖殖……
於是你竟豢養出一屋舍冤冤孽孽擁擠的噩夢

小屋

我坐在我的小屋
青石的門板不了解我
我興起地將手紮的花束飾上
我的小屋塌下來了

女人

假如無法美麗地淡漠壓抑至死
就植其成一株流蘇吧
她將結出細冷的金屬之花
星光一樣將你打痛
從此每一仰首關節都有折裂的聲音

對流現象

一定有哪裡搞錯了

我是上升的熱空氣
你是下降的冷空氣
生命移動著，龐大且緩慢
黑白城市裡的密閉空間
凝視的眼神明明如此深沉
我們經過
卻沒有交流

烘衣機

捲起來，落下
捲起來，落下
水氣像星星一點點被蒸發、摘下
浪頭花花綠綠，挾隔夜的思慕打起
如果投幣就能見你
把我的人生十年十年投進去吧
只要可以
還記憶一份芬芳馨軟的乾燥

嗶。五分鐘，四分，三、二……
請離開吧，熊摟著花在雲朵中飛翔的夢
我們的自由已經用罄

失眠

斷裂的黑夜
白天在窗外閃耀如鑽石
知識的碎片
夢的謊言
偽裝成慷慨的時差在笑
掉落的星星
迷路的鳥
雲層在體內一點點死去的，你和我

樂高

定是從內部拆解得很碎很碎了，
才能夠，像這樣慢慢慢慢組合起來。

變成從前的自己以外
別的什麼

無聊

寂寞是顆銀灰色的皮球
我丟到牆上
又彈回來了

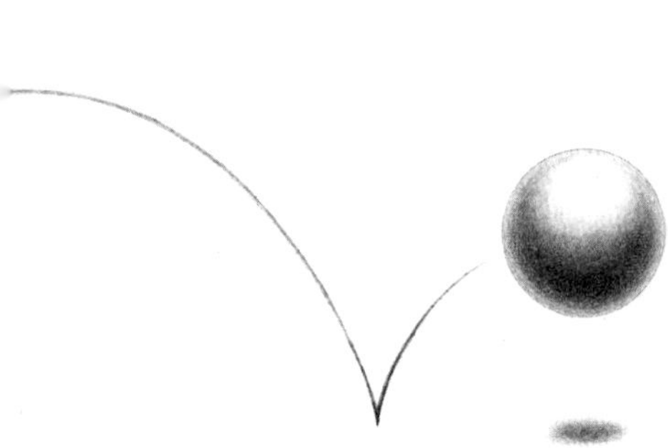

她

她是朵拼命想學會傷害別人的花
埋葬了自己
才知道是絕望

試煉窟

I

思念的試煉窟中，你是
伴隨光線垂下的繩
苔痕、煙塵，恍如隔代的攀緣
唯你，能救我於惡醜的蛇虺蟲蠍
升結入那片甜美氤氳的魑魅魍魎

我將報你最燦爛的人世一笑

Ⅱ

我願讓妳
將情萃的苗刀插入我身
一刀，又一刀
然後放我成永不除解的絕蠱
終生蜷困於妳手中的小罐
夢迷成初見時的瓊瓊夏花

——致小時候踏熟無數的DOS仙一迷宮

畢業前日看麻雀跳於黃樓窗台

有時候，我們的生活
是靠著將自己生活的記憶寄存至別人心裡而存在

「請記得，今天我跟你說過的話。」

麻雀在窗外跳躍
將唱音一顆顆彈入蜿蜒的鳳凰細木
翠綠的小葉扇扇相搭，亭亭成蓋

「這樣下次回來，我就不會迷路了。」

瓶子

她是一只需索著不停傾吐的瓶子
光滑，堅緻。透明底心由冬季吹成
在所有的品質撐破之前
她總是第一個
敲破自己眼中底水的

他們

我是一塊沉默的砧板
你以刀叩問
溫柔，冷冽，不留情面

我不禁想問
剁在心上的手感是什麼

約定

發光的月，蝕盡後竟不再圓了
很久以後，面對一無所有的大海
我們才明白
那天的名字是寫在沙灘上的

靠近

因為星星掉了，所以浪是黑色
因為浪是黑的，所以我們明著眼，盲了
因為盲著，所以無光的晚上，伸出手
卻與對方的擁抱失之交臂

海嘯之後

我但願
隨潮水漂向你的
不是屍體

而是浮木
或者一枝百合
一根羽毛
以及一份瓶中信

出走

踏出溫帶的邊境後
我終於知道
愛有多長
走上天空的旅程就多遠

一直到翻越雲的雪線

風箏七疊

1.——

緣於地的，卻嚮往於九霄
你繪我
成點睛的龍
開翅的鳳
拓上藍天的手印

2.——

因為傾注
是以我從不單薄

3.

憂患本是與生註定的
扣於足的，本非紅線

我們注定要興於共夢
死於相失

4.

你說晴日最宜遠遊
直上青雲之後
你我
懷抱著相同的夢想越離越遠

5.

——渺渺長線，浩浩河山
援引了一世界的風
即使還結有萬般眷念
不再捉緊
我就要飛走了

6.

——地平線終於因斷裂而燃燒
我在雲中，你在火中
然後雷震雨雪。
然後相絕。

7.

隱入縹緲的前一刻
我知道，你當笑稱：
「絕無悔憾」。只因
斷線的我本是
你畢生割捨出的自由

燒炭日

準備點火之前
回憶的煤炭
變成一片片黑色的蝴蝶
高飛，消散
我徒然
留下滿手污痕

冰

無數冷凍的小小的欣悅
相撞成輕金色的碎鈴

我們之間的
快樂如一角半融的冰塊
吱吱地在那兒消解

取經失敗

只要再多一點點升天的浪漫

誰讓我們
在遠遊的旅程半途而廢
跌入阡陌的水田如兩枚蓮

城

1.

我帶著心中的一座城堡
永無止境地流浪
愛與冷漠是護城河
深深淡淡圍住我的鐘樓

2.

黑色眼睛是小小的天體
歲月與故事流成陽光、雲影

一片片從天頂轉過
高塔沒有長髮的姑娘，只有善歌的夜鶯
側耳收集隨風飄蕩的民謠
隨手編織
灑下一地薔薇
冷而光的鮮紅

3.

此地無銀
只有斷簡殘編的歷史
還有時隱時現的橋

4.

我會拿整座城池作為交換
如果你送我一條會噴火的龍
一顆可以發芽的豌豆
一個唐吉軻德

5.

很久很久以前，因為缺少史官的緣故
傳說傳說……
記載就把住址弄丟了

愛厭

我傾向你
像蟲趨於光，雨墜於地
像火苗的湛藍，黑洞的引力

我遠離你
像磁鐵相斥，箭反於弦
像沙漠的赭紅，彗星的奔離

金線菊

在世故與寂寞中開出清麗而熟的等待

線瓣披垂，嘆息也是慵懶滿足的
這婦人的主人只有她自己
亂拔釵鈿為一則秋日午後的高興

所在之處

有路的地方就有燈
有終結的地方就有開始

有牢的地方就有窗
有樓的地方就有梯
有鎖的地方就有鑰匙

有雲的地方就有仰望
有家的地方就有等待

有遺失的地方就有約定
有暗夜的地方就有祕夢

有貝的地方就有濤聲
有風的地方就有飛翔
有日的地方就有焰
有雷的地方就有電

有雨的地方就有虹
有邊境的地方就有異國
有懸崖的地方就有天空

有流浪的地方就有篝火
有命運的地方就有祈禱

有痛的地方就有心
有呼吸的地方就有下一秒
那麼，有你的地方呢

唐

我學會空山，靜夜，繁花，流泉
星垂平野、塞外廣漠
書劍傳奇整座壯麗的唐朝
習得靜世安穩，盛衰興亡
千里江陵一日還，只為
讀曉一個不懂詩的男子

悄悄話

我不免要對你說些悄悄話的
當夜闌人靜
年華輕流
時間慢慢在手心滾成銀丸
潤澤圓整，如新娘嫁時的珍珠
你握住，便連我倆的未來都握住

如果真有那樣一天
那時，我要告訴你

那些從來不曾對你說的話
——只是一陣細微的俯身啊
然而我們遂
可以生，可以死了

然後默然，然後微笑；然後
就知道
千載之後，今生還是
貧富不換，深受結局所鍾愛的
那場難逢

喜歡

我喜歡我們如此驕傲
如此溫柔
笑一笑天都可以塌下來
讓星星掛成地上的小河
小河飛成滿溪的螢火
而我們一盞也不捉
任回憶流成滿天的開謝

我喜歡我們如此細心
如此任性
一葉就能知秋
一炭便能暖寒
相知不論先來後到
闖蕩不問地北天南
手心一展就是整個世界

我喜歡我們如此專制
如此依順
當我喜歡樓時你就喜歡路
而我的門總接住你的歸途

高腳杯

夏日的香氣
飄洋過海
我們的相遇
像玻璃的輕擊
清脆，小心，柔美而易碎
捨不得重一分
不甘願留一點
那敲動了絃外之音的
是第幾次相叩？

所有的剔透，恰到好處
慢慢都變成老話了
半透明的凝視，夢境微微陷下一角
該順勢裝瘋還是承認清醒
滾落或者未曾切刻的，一枚櫻桃
真要把彼此鍊成鋼嗎
那些像花一樣環繞
溫柔到疼人指尖
細細地沾在我們未來的
鹽霜

不說

這次，我決定
不說
比線還密，比直角還嚴
比含羞草還要隱諱

像太陽下起玻璃雨一樣
水晶的音色，風的光澤
丟棄洋傘的我們
是躲藏命運的旅人
在彩虹的終點被發現前

把迷宮的紅線捲完

昨天是遺留在街口的水鑽面具而
明天是謎。
像滑行的舞步、結冰的河
掛雪的樹枝那樣
讓一切端莊，低調且悠揚
我們是冬天而
春天久久不來

這次，我決定
不說
不去相信那些
鳥依舊歌唱星依舊閃耀的謊言

風華

我們
不想才子
不想佳人
不想月也不想酒
不願驚也不願豔
讓落花都去別人的庭階
神仙都做別人的眷屬
令身世
清短得

像漁火遺忘水湄，笛音遺忘了
鸝柳的前生
如果典盡風華，換一段
不詩不文、平平淡淡的
柴米油鹽

不想

我不想
挽髮
像收束所有垂盪的青春
不想　斜睨
像挑飛一個承諾的可能
不想說話
不想笑得那麼輕
像一段幽怨的流水
不想沉思，在燈下

像桃花對了夕陽，枝頭上
含想飄零的身世
那樣不禁，那樣紅靜

我不想專門地為了等你
讓曲子又再一次輪迴
不想在你來時發現我等你
不想早到，不想遲到
不想寫詩，如果你不看
不想唱歌，如果你不聽
不想美麗
如果跟隨就是一場冷清的薄命

我不想
分離
像影子離開身形去旅行
流雲離開月明去終老
不想讓我們變得
耐人追尋
像一個說得太過動容
動容到地角天涯
勞燕分飛的故事

分手信

歸還的愛——

就像那些
傾給雨的路燈
還給太陽的燭焰
倒回予天空的海洋
又或者
走向生的死
逆訪著記憶的城鄉道路

以及
從摩挲的葉叢蹭出
五色的，簇擁到思念窩邊的兔子
不把能說的話都告訴你
我要如何與你告別？
但
若把這些語意都讓你懂了
我們又如何說得了再見？
先是流星雨，繼而
世界末日之後
梅子再黃時
宇宙洪荒的牆根下
提著一籃子抵不上相遇的夢
還能到哪裡找你呢？

於是我想，他們說的話並不都真實
就算看盡了三十六輪月份的烽火與花
我依然不願，冬天
在你的門階降臨。

靈活變幻，聚散無窮的心。
我願意撈取它們，像撈金魚、清浮萍一樣。
但游在天上的金魚是撈不住的……
有些漏網，就流竄到別的天空。

麻花雲

至福

我把寂寞還給天地
並與天地的寂寞
互相擁抱

那至大，至曉
深深遼遠的沉默
就融成一片了

千仞

千仞的雪後
崩落的白，那時
我將拾起歲月遺下的一枝桃花
在廣漠裡聆聽
並且等你

總角

——新年夜，夢舊友一切安好

我望著
夢中熟稔言笑
四處走動的你

那麼自在、安詳
轉過頭，親密地同我說話
彷佛毫不介意
我們好久不見
我們分屬陌路

對於我目不轉睛的訝然注視
你輕鬆靠近並
報以微笑；
像根抵住清光，坐夜中
澄淨思念著的蠟燭
滿懷善意，擎著因夢發長的小火焰
抬高手，微微晃舉：這裡，
曾交集並行的我們
驟然傾斜
一度失聯的命運

如蒲公英，溫煦地，偶然猜念
去年初夏
遠颺高飛，另成一生的圓滿

花季

我並無他求

只要
觸及一顆心
扭轉一份瀕危傾覆的命運
耐心地
傳授一種暗夜通行的用火方法

然後，如果可以

看見
蒙蔽遺落之心，覺醒來
似盛滿白火焰的長海芋
堅毅美麗

則此生，
無復他求

散華

最後一照面，趁夏夜
電光裡的玫瑰
急開急燦
急旋急落
紅麗只一瞬，下回
要再見，就是來生了

來生，來生如果
風寒雨驟

如果天涯淪落
陌路相逢
如果夜深徒勞不寐，簷鈴顫鳴不已
來生，我是否
再作這傾注直下的雷
以過於冰涼、耀眼的慈悲
照亮你一次次
暴雨灼艷
焦香裡太過狼狽，匆促的生

長廊

走在長長的人行道上
我忽然感覺
白茫茫的垂幔、長廊，迴幕深且密
星的串珠
極光的長簾
靜而微地拂動，夜中無風
向上的階梯
隱藏在帷幕遮掩裡
愛，輪迴，創生的祕密

盡頭與源頭。一切都接近了
何以跋涉、何以遭受
何以在掩蓋一切的門板上苦叩……
剎那間世界的螺絲鬆動
細碎的鈴響是冰的聲音
透明的意識稍縱即逝
銀白色翅翼閃動
沉默的豐盈滿注
那迴拂成漣漪的微波
簾後，無法與共的永恆

天使成群結隊
站列在長簾之後。

耳語

意識啊，
請輕柔地觸及我
如閃電的起落
紡線的投梭
夏日的梔子芬芳

那些偶爾浮現的心靈線索
正悄悄靠攏
悄悄組織

像一張柔軟、廣大的織毯
編結串連，恰如其分地兜住
所有無關緊要的事件
譬如
預定的演說，行星的腳步
隱約編輯著的線性進程
以及
敲自你心靈怦然重響的回音

情感啊，
請無偽地穿透我
像曙光強勁地投射
黑夜無誤地到臨

一旦我們熱切盼望著的
決選的未來
像海嘯一般盛大地打來
我的平靜與等待
將化為無可遏制的喜悅
直達蒼穹，
直至故里。

好

就像
你所相信那樣，無論如何
都會過得很好的我

無論如何，
我很好。

愛著一個善良的人
也為他所愛

教教書
寫寫字
找到某種
明亮穩實，可以終老的方法

開始那幾年，我試過
學會一百種縫補的技巧
修復了許多缺口，繼而
一磚一瓦，自動自發的練習改建
當作興趣那樣：拙劣，簡單的木工——
早已撤光家具的那個
心中你再也不會回來的房間
從前，你離開時崩落的天花板
索性整片打掉然後

裝了窗框，可以望見遙遠的星空
數雨點、迎天風
抓住月亮當籌碼，跟世界
贏回再也不會輸掉的我自己

通往天窗的階梯，是琉璃砌成的。
那些跌碎過，割手的
小心陳列在櫥櫃，曾夢想一起舉杯的玻璃碎片
熔燒重塑後，現在都煥然一新了
這些厚重、彩色，清澈無瑕疵的琉璃磚
一塊塊緩慢墊起
不用太高，只足夠
將我從絕望中舉起的高度

從此，需要一點新鮮空氣、呼吸和希望時
不必再踮腳仰望

再幾年，我走出那座
憑弔青春時，偶爾徹夜久待的房間
留下打開的天窗，慎重鎖上門，不再回來
之後應該
是前年的事了吧——
維持上鎖的狀態，我丟了那柄
遙祝思念，無數夜裡握著祈禱
雕花手造的錫製鑰匙；點起火
燒掉信件和照片
拆毀四壁、推平房間

站在火後餘灰的中心
八方的風流動成環，四野吹來
生命的新氣旋開始捲聚了
閉上眼，宇宙的垂簾彷彿輕拂在臉上
那樣清涼、新鮮，冰瀀如星光的意志
我的世界終於遼闊平整。不留遺跡，不存疙瘩

你知道嗎心確實
能夠從無數的殘骸中重組
像草木化灰，落花成泥
自我再生的環保
無須他人的慈善、遠方的宗教
只要全心全意
不計成本的分解自己

破的鏡，就不必再重圓了吧
一邊說著自己殘忍一邊
流淚狠心踩過的那些
反射的夢
像天雨放晴
漸縮漸小的水窪一樣
漸漸，我的遺憾和愛
消失之後，除了往內包覆的成長，你也
慢慢從心底的街景退出位置

我很好。
擁有一份不漂移的觀點
不耗竭的情感

不過份現實也
不過份浪漫
給世界和自己足量的善意
相信直覺，規劃夢想
愛純真善良的人
過意義清楚的人生
不養寵物，但儘可能
種一些容易生長的植物
像空氣鳳梨、黃金葛、白雪常春藤或是
室外日照的白花天堂鳥

折枝茉莉終究長出了新根
白色花苞已散著淡淡的香
說不准明天清晨就開了

那時，我會在風吹細細的微雨中
喚來和我一起等待花開的人
沾滿新生的霧露，安靜蹲下
用最單純，乾淨的眼睛
誠實篤定
攜手雨中看

你過得好嗎？雖然
曾那樣孤獨
萬人叢中，孑然一身
不承認需要信仰的你
還想要
被陽光腐蝕至死嗎？你的心

仍然在人情世故裡熱脹冷縮
或者，那道梗住胸口，年久失修的獨木橋
已讓年歲慢慢侵蛀，月寒日暖裡
一點點拆掉了呢

很久很久以後，忽然想起
我過得很好。並且
希望你過得一樣好

地基

我想我能做的只是
不在心的地基蓋鋼筋水泥
任風來，雨來，廢墟傾頹
烈日下，土壤曝曬
朽木在陰影處長出蕈菇

日子久了
晴空下，一百種思想的草生植物
狂暴旺盛地自由生長後

有時就有
單腳跳的彩虹
趕著路，一縮一彈地用半透明的虹腳踏過
幾片水窪接連成和宇宙對望的鏡
從天外，野鳥啣來許多種子
像一則則細微的預言
時間到了，就開出淡黃、紫藍
放大鏡下纖細精緻的小花

我默默感受
翻湧的深深地心
未長成的巨樹是一行沉默
終有一天，將隱而未宣的信仰寫成
矗立的詩

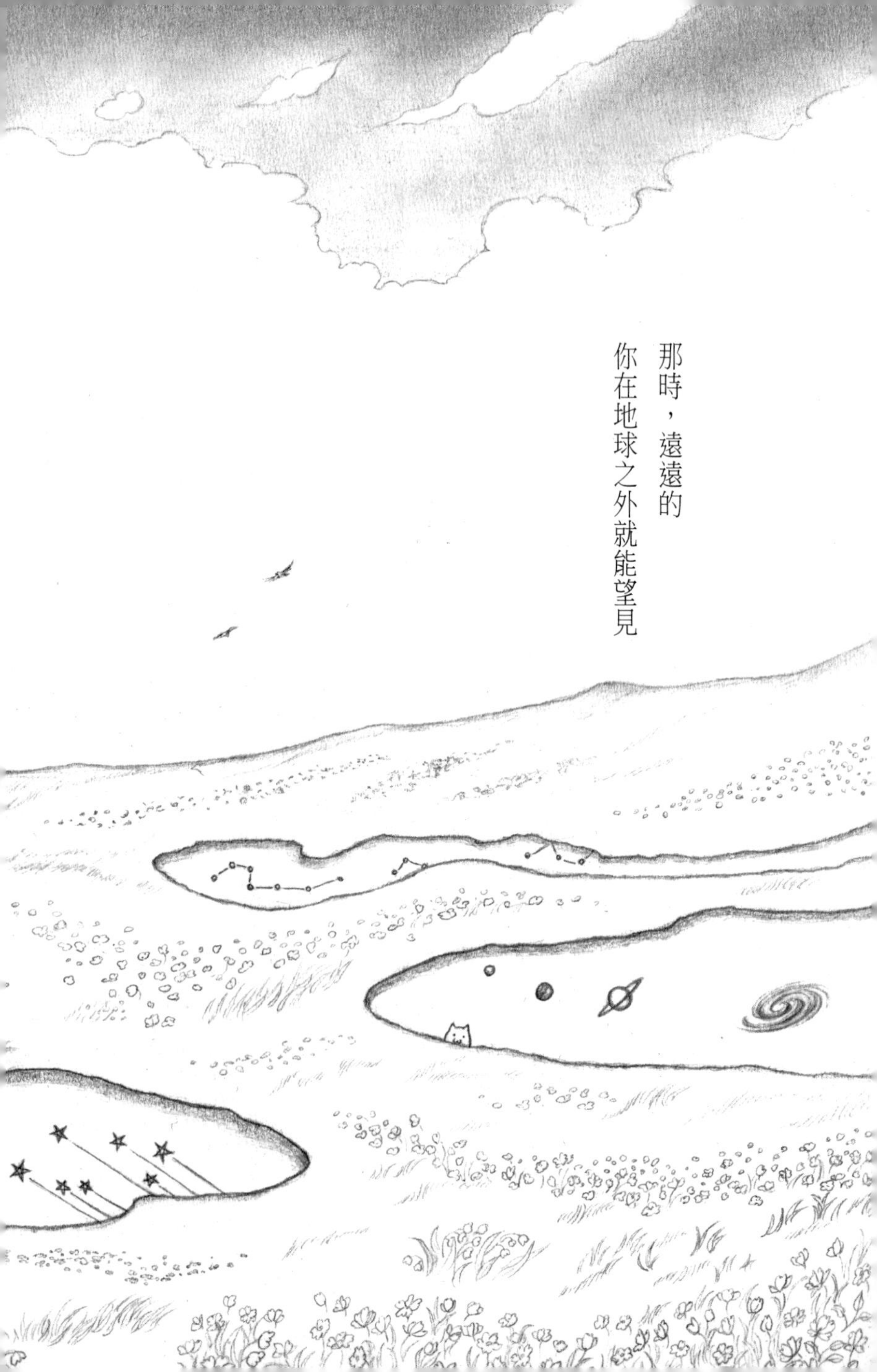

那時，遠遠的
你在地球之外就能望見

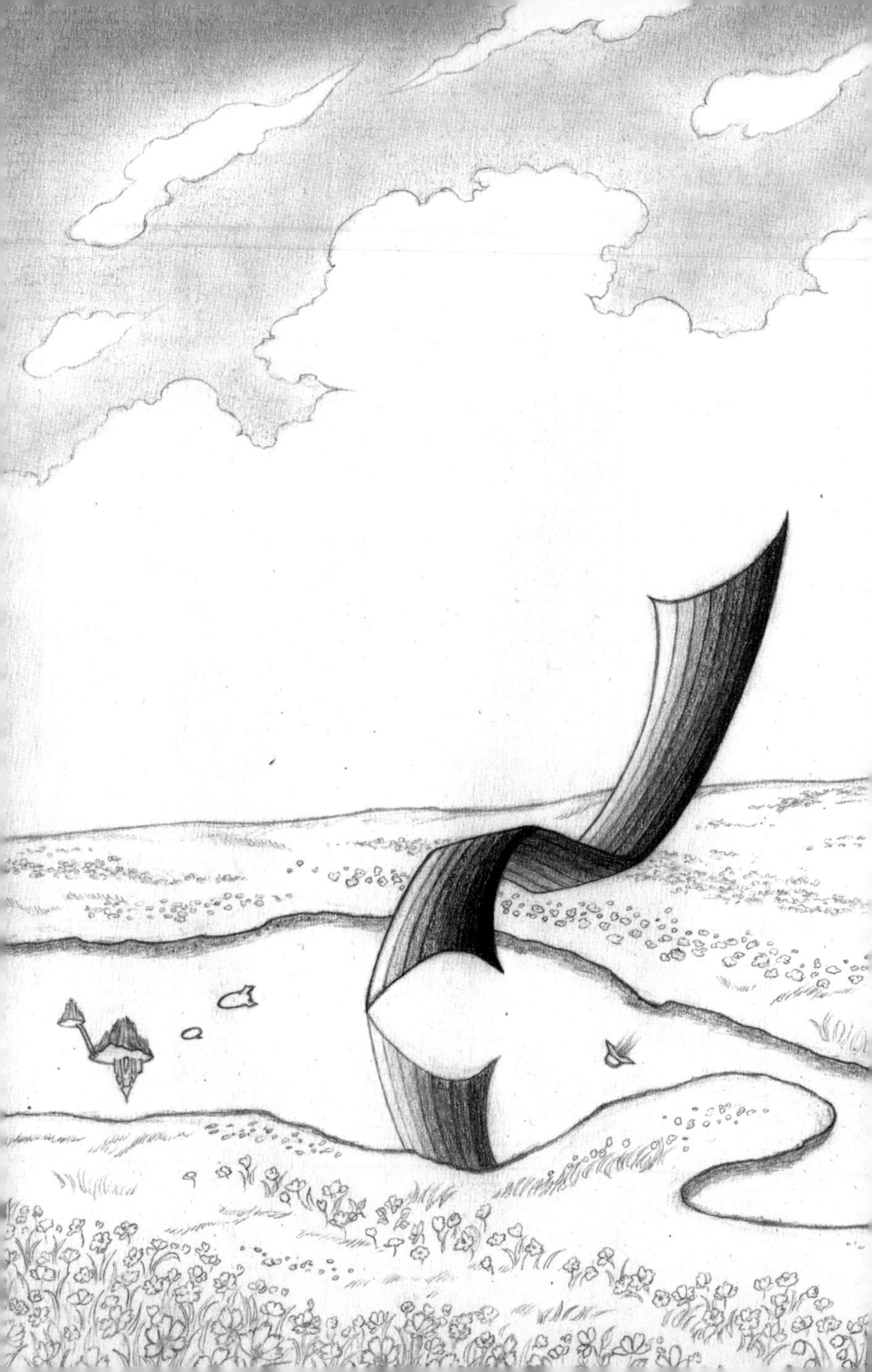

印象之盒

當我憶起
往昔光輝氤氳的一刻
那些聲音、光線和影像
歷歷，深明如久遠童謠
柔美甜潤，反覆低送

我總是
慎重又珍微地
打開那只感覺的盒子

腦海裡，當緘封的無瑕鎖片
戛然掀啟：樂音般
流湧出的氣息總是
歷久彌新，如絲華美。那些
幸福的味覺總是豐腴飽滿，彷彿
埋入一簇水露浸染的松針
深深嗅聞；晚逾十點，檜木地板上
一瓶陳年特藏的白蘭地觸倒橫流；
節慶前夕，預演夜，市集上空斜織串連
瞬間遍亮、鮮麗如糖的彩色燈泡；
及冬日，清冷明晰的無雪早晨
玻璃櫥窗新擺換上
象牙白，枝椏精細完美的手雕燭臺

當感覺浮動，並沉浸
過往時光深明醒溢的一刻
深深貪戀的嘆息裡，我不禁想：
是否屢屢，造下同一緣業
生生世世、世世生生
此一遭、上一趟，再更前次；與及
朦朧微光裡，薄透依稀
去徑隱約可見的下一世

也許，每最末
總留索成同樣理會：
初識之時，重重劫後
當著最好年齡、逢過滄桑閱歷

兩次。擾擾烟花，叢叢人群裡
分別，隔著恰正聽見衷心動搖的距離
靜靜好好，看你一眼

代謝

如果到了
背影彎曲，路愈塵埃
黑夜長度增加
風已漸漸慘寒的季節
氣候與氣候的交口上
牽你的手
等待一個春暖花開的訊息

要無比耐心去辨認
精緻、細小的預兆：

種子未成律動的胎音
久久，灰燼微弱的餘溫，殘骸底下
一切虛線連成的復燃線索
新舊傷口、隱然悸動
逐漸癒合的膚層底下
彷彿要抽冒出新羽枝的搔癢刺痛
心臟位置，一點點由衷動搖的怦然
以及，我們終於
決定信任什麼時
耳目一新，窗外初裂始灌的鮮涼氣息

等一個峰迴路轉的變局
生命就慢慢揭露開來

石中藏金，落葉雨停
融冰的水滴降成水晶
醒著的表情透透地
回憶裡，棲住的鬼魂們很安定
舊時的建築都穩妥
未來明淨敞亮
思緒甜香漫湧

如同這裡
言語沉默，心靈豐滿
陰影遍尋不著的角落
一朵光的花叢正旋而生成

——是白晝時，

我們對著天空微笑
蒼穹遼闊，星球斜轉
今日：這片新耕耘的土地上
陽光照耀，樹木就生長。

複習

我仍如此嫻熟
在夢中
一千種飛翔的技藝

極

我精神裡
有一對無名鳥
由水而生，自魚所化
嚮往無泅之輕而有翅

一隻銀白
一隻墨黑
牠們相鬥相依
相危相護

異質同心
共命雙生

其一啄瞎眼目
另一默啞無聲

當此鳥
同時鼓翼
盤旋高飛時
所有靜默都豎立
所有夢形都旋動

在我中央
自心底，吹起一陣

情感鮮明的太極之風

視

我知道結局
紫色，冰藍，水綠與透銀
落地無聲的光束裡
靈魂流淌著，融成一片

沙岸陣雨

陸嶼邊緣
地震休止的夜晚
心中填滿柔細的沉默
地平線愈行淡漠，漸漸看不見了
天全黑，什麼
都不需再凝望時
想起
你也能
靜默，闔眼

傾聽、順從
趁一陣細微輕顫的預感
以濡濕的額髮
抬臉承接：

葉尖水露、燦爛暗風、星辰回音
記憶的再生
現實的稀釋
無言之歌
一切被傾倒，灑落
清涼的愛

輕鬆，自在
溫馴且主動；

面容沉靜安祥
態度理所當然、
毫無艱澀

就這樣
空白的心靈溼透復乾
像泥土吸滿雨滴
岩層涵納水脈
沙洲上，潮汐滲滲地
隨意漫流……闇土的
生命因而
有了溫暖、重量
質地與層次

風與形意重新流動之夜
我多麼希望
這片
黑暗的沙地上
你與我一同
自由仰望

久久，不經意時
轉頭一見
海洋隱沒的邊界
參差地、二度被誕生一樣：
天陲角落，那些不曾亮起的星星
漆黑懷裡
明明嶄露的太陽

感謝太陽。感謝那些風。　我因而知道，
有些雨點永不落境，有些火炬永不熄滅。

太陽風

覺

「今日方知我是我」

那夜晚。聽見
六根深處
有潮水，湧響如鼕隆戰鼓
陣陣催發，湃擊若吼
音響的雷沛然灌頂
乍然
驚覺該回去了

像留鳥，因思鄉忽覺倦
自引路而投飛
我的心，如有限和殘缺
猝擲上圓滿與光明
似一羽盲蝶渾然迎撞
毀形在日陽表面
一切消滅、一切煙散
每一纖毫都高溫
每一思緒都透亮
顫慄裡，每一絲
不可遏抑的尖叫都看見：
天堂有路，地獄莊嚴
因果為幻，眾生平等

潮有信、生有逢
死有盡，願無窮

水聲同時植在千百世夜晚
轟然震震，氾流洶湧
若狂若猛若欣若慟
若是若非若去若來

我聽見
靈魂底的潮水響如戰鼓
頓省生無可著心不可得
從此

大悲大懺
大喜大悟
輪迴永脫
萬法皆空

註：魯智深坐化六和寺。

觸

我選擇
以穿越夢境死生
無意識、無無明的勁道
最輕盈，溫柔地覆蓋
百次，千次
強悍又堅定的慈悲

如刀鋒記憶氣流
白雲存想山崗

森藍寂靜的海流，隱隱發亮地
拂過噩夢生鏽的沉船

就像
抹去你臉上淚痕的
那觸感
多年後，
我依然清楚記得。

霜降前日

二〇一一十月二十三

請在手帳草記：
這是適宜散步的日子
心中無事，秋晴有風
城市立姿爽朗強勁。

陽光磊落的街
行人皆好，影子無亂
光為一紙
善批善從

有生覺、無差別的不戮刃
剛柔並濟，勻抹著
是非曲直
方圓直角之面
使路皆白，巷成照
日澤廣披
如不器帛、無滏水
滾燙於高樓之牆，矮房之壁
男子之肩，女子之髮

於是凡有形體
均分得
恆星之火

凡遭落影
俱有了
日光的靈

行走於街
我們不掩面目
行走於島
我們不背日光
行走於世
我們以風土之身
謹受星辰之拂
水火之德

於是
萬物名底的金黃
閃閃共鳴；
微塵飄搖相映
原子分子，藉合唱
以光之名
光之色
光之聲
充滿離分彼此的空隙
交搭起建
橫連起千門，萬戶
庇護無限
廳廳相應、廊廊相接的
光之廣廈

今天，我相信
惦想愛念的人們，已在
陽光印錄
備受祝禱的城街走過

請依樣筆記下：
這是我們喜歡的日子

腳步響亮，頸背烘暖
城域來歸，為日之領地
生之雅愛泱泱湯湯，沛然不禦
心中有歌，
晴朗風大。

包圍

那時，我們的心
化作一柱柱雪白色的烽火
靜靜地、熾烈地、盛大的
從邊陲，包圍這
黑暗無愛的世界

黑暗之原

我想擁有
一雙能望穿維度的眼睛
比秋天清澈，比燄心澄明
足以盛載一切
冷冷搖曳的激動
能在塵埃、朽敗
枯萎與死亡當中
望見你

望見那些
夢的原形，無言之詩
移除時間函數的世界
地球上從不存在的色彩

墳墓裡沒有一個靈魂居住
許許多多名字、聲音
都歸返成同一則呼喚

我總是
深深地懷念並且
不覺畏懼

沒有逝去所以
不必追憶
即使行走於冥府也
毋需回頭

沿著大塊成片的
黑暗邊界
單單只要
直行就好——那是
約定在先
不需要哨音的終極返召

像所有的花從混沌無明中
集合到春天：

有一天
我摯愛的靈魂們都會
回到我身邊
團聚

交換禮物

將彼此
最深藏的弱點全部
交予敞開

並允諾
在你需要時，明理堅強

鑑識

生命是自永恆一瞬的撕裂
若曉善用此身，我們
仍能朝暮聞道
一夕相愛
從不和諧的碎緣殘邊
窺見星辰、宇宙，天堂的典故
由此變易時常的人身質地，讀出
心與靈波粒二象的種種證據

星空問答

我仰望繁星，在無數
浩瀚閃爍的心靈底下
正面、微暗地想念
身世，歷史，流落的雨
樹狀圖，全像立體的定數
黑暗物質輕盪微響的縫隙回聲
水晶球銀透發光，遙久的覆輸與鏽。

那些蝶陣般
翩躚閃現的回憶，我想著：

同穹頂上
橫跨多維、結構壯麗
許許多多
俯視地球生計的巨細靈魂

自黑冷，他們告訴我
身為發光體的記憶：
成為之前，永恆之後——
我告訴他們我的。

華燈繁市，我走過，
但不停留。一半
因為挨近時冷，遠離反暖；一半

為心底無裝飾、無護柄的火炬
是踽踽人群
穿越暫入時
暗夜自明
奉行久駐的唯一光源

我走過山川遠地
寓目，流連但
不大留意
因為滄海，因為雲
因為宇宙有我更深而遠的守望
久彌新的鍾情

再生、重臨，以及
任何一刻不屬「現在」的美好
我不等待
因每一秒是它世界自旋底清晰
自成豐燦的圓滿
專注的品質超乎線性而
瘋狂癡妄者唯有心，時鐘本身
從不錯亂

曾經的傲慢與美麗，我不依戀
死亡叢生的荒蕪之地，我不恐懼
垂危復生的愛，我曾得過
徹底誠實的悔懺，我曾領過

像第一次
在風底弦中，駐著波，學會平衡的葉片
以倒懸之姿，默隨於大氣的鳴響與自身之薄脆
觀測起心的動靜
苦的向量

然後，開始
對許多敬佩與不敬佩
善和非善
顯赫及不顯赫的遭遇
無置可否
心懷慈悲

我仰受星空
精緻、大量
燦然沛然壓注的目擊
懷念那些不懂事的春天
極怕冷的冬天
心向著
第五種季節與第九種風
在荒地之極與因果之末
清醒地，想起
身處輪迴終點的
這件事。

聽木

靜默時，我就是
一棵無耳的
傾聽之樹

許多風，讓心靈梳下
遠方流轉、隙走的消息
如髮如絲，似線似水
箴言或詩行
標語與信

一點愛，一點慈悲
許多紛爭、疑問，和解並罰。
許多氣流
在心的枝椏孔竅，篩下
嘀嘀咕咕
輕爆、低鳴的微響——
廢作的打麥場，一枚榴彈著陸、滾動並炸裂
西北方，一朵木棉輕巧而彤艷地爆開
生與逝亡的消息，在風裡滌下偏正迴移的擾動
如飛鳥遺落纖羽
獸徙印出足痕
春過草生，秋來有霜
星球轉動裡，投下左右長短的影子
看你時，靈魂的山谷

有所震動

我是棵
無耳的諦聽之木
立足於時空疆界，變化恆改的小小一點
轉瞬即失的「現在」
纚纚貫珠的過去
生存之風
讓心靈梳下許多動靜消息
形形色色，有想無想
遠處的蜂群、住家，雷電和城市
金質之鈴聲，黑沉的鐘
時運的齒輪，巨與細戛戛軋轉之音
狂喜、憤怒，許多窸窸窣窣的哀歡聲息

有的疼痛，有的愉悅
有些晰明如針，有些模糊似囈
它們成列聯串
打在知覺脈衝的節拍之上
細微豐富，風中
一千萬種纖顫的變奏

學會靜默之日，我遂
習得化作一棵樹並
傾聽。經年累月以後
看不見，但我知道
末日有期，存亡自循
風、火焰和塵土，自我人格
一切物質與心

摧毀復生，都迴向海洋而依歸
辰宿列張，山頂有月
夏日冬雪，世上有你
俯仰起居、食衣住行
所謂人生便是在自身心靈的壓力中
承頂起百千次命運搧起的巨風
認真活著
試圖在多試探的渾沌場域
泥濘走出
一條溫柔，深邃透明的路

那裡有風，挾自宇宙
那裡有風，通往天堂

望你時，葉群轉向陽光
華枝靜美生搖
黑涼的翳影織處，有些什麼繁衍騷動
首度，開始聽見漏自未來的消息：
人群部份脫離
部份抵達
世界小半殞落
多數昇揚
風，奏響成橫跨多維的大管風琴
陽光閃爍，以全頻嶄新的寶石之色

我
是樹，故爾諦聽
我是樹所以我知道

意識

一朵蓮花開時
凡是水鄉
所有荷瓣也都
記起了開

地形

我看見
光的瀑布
成千上萬
磅礴盛大地
衝墜而下

為著
天堂和人世
高低差的緣故

夜霧

親愛的，
你何以惶惶慄懼
不寧終日？

我並不擔心
遺忘，失去，或離散
如雪花堆疊集蓄
海洋沉積死亡
輪迴化形

一如往常
每個人世的冬天，水陸的盡頭
輕巧、厚重而珍惜地
所有一切
已在我心底埋葬，聚合，再生
並且永恆

請看：
生與更替之置身
是非本來真假
疑苦本來自設
愛憎本來一場
幻然大夢

如若此刻，長霧裡
伸手外，燈帆雖難眺見
腳趾下
晚來的潮汐仍
歷歷有信
溫柔分明

你便
感覺這天地的法則、
自然底規律，以愛之名
靈魂生光的弦上
心與真知，只要
一度相諧

並纏繞，智慧的線團
走得再遠，迷宮裡
俱永不短缺
總難斷裂

請你明白，並牢記：
我走過的途跡不滅
植下的玫瑰不死
觸過的臉頰
永不冰冷

人間動搖閃滅
辰宿微笑垂庇
——佇立吧，只要深深

專注久望
穿越霧，穿越夜
遠至雲層消散、萬國浮幻
遠至望穿生、死，帝土與星雲
宇宙的尺度之上，你我累世
所愛所憎所有所棄俱已銘刻：
不離不棄
莫失莫忘

我們以受眷之生
賜福之手
堪可擁抱、遙祝
自贖，並守護。

此為天賦人權
平等一應
如羽翼當飛
日陽當熱

親愛的，而你亦同。
直到靈魂復歸，廢墟再榮
直至宇宙重生
彼岸沉沒
你終會知道
我之所言一切無誤

PoetryNow 011

甜星星 ——陳依文詩集

作者—陳依文
出版者—心靈工坊文化事業股份有限公司
發行人—王浩威　總編輯—王桂花
責任編輯—黃心宜
封面內頁編排設計—陳馥帆
封面書法—盧銘琪　校對—洪逸辰
通訊地址—10684 台北市大安區信義路四段 53 巷 8 號 2 樓
郵政劃撥—19546215　戶名—心靈工坊文化事業股份有限公司
電話—（02）2702-9186　傳真—（02）2702-9286
Email—service@psygarden.com.tw
網址—www.psygarden.com.tw

製版・印刷—彩峰造藝股份有限公司
總經銷—大和書報圖書股份有限公司
電話—（02）8990-2588　傳真—（02）2990-1658
通訊地址—248 新北市五股工業區五工五路二號
初版一刷—2016 年 8 月
ISBN—978-986-357-070-7
定價—340 元

國家圖書館出版品預行編目資料

甜星星——陳依文詩集／陳依文作；.-- 初版 . --
台北市：心靈工坊文化，2016.8
面；公分 .--(PoetryNow；011)

ISBN 978-986-357-070-7（平裝）

851.486　　105013999